.

erlebens-wert

zwölf fabelhafte erzählungen

von

Dieter Hans Schünemann

Bibliografische Information der Deutschen Bibliothek:
Die Deutsche Bibliothek verzeichnet diese Publikation
in der Deutschen Nationalbibliographie; detaillierte
bibliographische Daten sind im Internet abrufbar über
http://dnb.ddb.de

Fotos: Meike Schünemann
www.dieter-schuenemann.de

Herstellung und Verlag:
Books on Demand GmbH, Norderstedt

Umschlaggestaltung, Satz & Layout:
Mediawall Heuchelheim
Werner Weinreich, www.Mediawall.de

ISBN 3-8334-4978-0

Inhaltsverzeichnis

EUCH
BEWUNDERND
GEWIDMET

Vorwort

Tiere und Pflanzen sind Wegbegleiter unseres Lebens.

Ist uns das heute noch in seiner besonderen Bedeutung bewusst?

Haben wir uns in den zurückliegenden Jahren nicht stetig immer weiter von der Natur, den Tieren und Pflanzen entfernt?

Die Einzigartigkeit der uns umgebenden Welt in ihrer ganzen Schönheit und Mannigfaltigkeit und die in ihr verborgene Faszination ist überwältigend und wird doch von vielen Menschen so wenig wahrgenommen, nicht selten gleichgültig, mithin gar hochmütig betrachtet.

Ganz abgesehen davon, dass frei lebende

Tiere und Pflanzen ihre ganz besondere Aufgabe zum Fortbestand eines gesunden Ökosystems haben.

Aber auch die uns begleitenden Haus- und Heimtiere bedürfen besonderer Beachtung; nicht immer werden sie pfleglich und behütet gehalten, nicht selten bleiben sie ohne Ansprache oder werden kaum noch beachtet.

In der ihnen von mir zugedachten eigenen Sprache möchte ich den Mitgeschöpfen in den nachfolgenden Erzählungen Stimme und Wort geben, um sich in ihrem Lebensraum vorzustellen und hier und da mit Nachdruck darauf zu verweisen, welchen Raum wir ihnen eigentlich in dieser von uns beanspruchten Welt noch schenken.

Ihr Lebensraum hat sich in den zurückliegenden Jahren immer schneller zurückgebildet, nicht selten sind sie schon bedrohlich an den Rand der Überlebensmöglichkeit gebracht.

Dabei ist die von ihnen aufgebrachte Kraft zur Kompensation immens.

Sie versuchen in den ihnen verbliebenen Lebensräumen zu überdauern und mit der sich darstellenden Situation fertig zu werden. Es ist ein mühsamer, nicht selten aussichtsloser Kampf gegen die sich abzeichnende Übermacht des Menschen.

Wir müssen einfach mehr zum Erhalt beitragen. Dabei dürfen unsere persönlichen Interessen nicht immer uneingeschränkt im Vordergrund stehen.

Wenn wir das Fortbestehen der uns umgebenden Mitgeschöpfe nachhaltig sichern, werden wir mit einer Vielzahl an Erkenntnissen und Eindrücken belohnt, die unser Leben reich sein lassen und in der erlebten Gemeinschaft trägt dieses auch zu unserem eigenen gesunden Fortbestand entscheidend bei.

Wenn ihre Lebensräume immer weiter und immer schneller eingeschränkt werden und ausnahmslos von uns zum eigenen Nutzen missbraucht werden, verschwinden immer mehr Lebewesen, zum Teil unwiederbringlich aus ihrem Lebensraum, damit auch aus unserem Leben und zukünftigem Erleben.

Auch den uns in menschliche Obhut unter dem Gesichtspunkt der Nutzung anvertrauten Tieren müssen wir größere Beachtung schenken und ihnen dabei ein Leben in Würde gewähren.

All das, was unendlich viele Generationen vor uns mit Faszination und Begeisterung und in Ehrfurcht erleben durften, soll nachfolgenden Generationen nicht verwehrt bleiben.

Das Leben ohne diese Geschöpfe in ihrer Einzigartigkeit würde um ein Vieles ärmer sein.

Oft haben sie abertausende und Millionen Jahre überlebt und stehen doch nunmehr an der Grenze ihres weiteren Daseins.

Verkannt

Königin Hornisse

Die Königin, sie hat die Pflicht,
-- ihr sei die Ehre.
Der Winter, -- endlich ist er nun vorbei.
Wer hat sie überlebt, die Eiseskälte, diese
Starre?

Die Maiensonne, sie hat es wohl geschafft,
-- in ihr ist Kraft, -- die Temperaturen stei-
gen.

Der Platz, er ward so meisterlich erwählt,
er hat getragen, sie ward allemal behütet,
es regt sich nun, mal hier, mal da, mal
dort.
Die Königin, sie lebt.

Sie ist erwählt, ein neues Volk zu gründen.
Nicht alle stehen noch bereit, gar viele
ihrer Königsschwestern, sie haben die warmen Strahlen nicht erreicht.
Der ruhige Atem und der Schlag der Herzen, -- sie haben ihnen immerwährend'
Ruh gegeben.

Gar alles steht bereit für sie, die lebt,
-- da ist kein Blick zurück.

Die Wärme, -- sie verführt, -- lässt neue
Geister, neue Energien wachsen.
Es gibt gar viel zu sammeln jetzt, es müssen Kräfte her.

Es lässt sich nichts durch nichts erreichen.

Ein kleiner Riss, die Rinde ist verletzt,
-- gibt frei den winzig kleinen Tropfen.
Der Saft baut auf und stärkt mit seiner
Süße.
Da sind die ersten Blüten, wie verlockend

sehen sie aus.

Rasch genießen und die Kraft erspüren, der Sinn fürs Selbst, er ist so schnell vorbei.

Viel Mühen und viel Arbeit stehen schon bereit.

Wo ist der Platz, der recht ist für die sichere Zeit?

Gibt Schutz dem Nest vor allem was sich unwirtlich erweist.

Was für ein Glück es wäre, den alten, dürren Baum zu finden, -- ein so traumhaft schönes, sicheres Versteck wär` das.

Doch diese Bäume, sie sind selten.

Man hat sie rasch als unbrauchbar erwählt, sie nützen nichts in ihrer Welt, sie haben schon, ja längst, gedient und nunmehr ausgedient.

Doch hier in unserer Welt, da werden sie gesucht, gebraucht, sie sind begehrt, da gibt es viele Interessenten.

Auch Vögel nutzen sie zum Brüten.

Da sind ja noch die kleinen uns wohl zugedachten Kästen, -- ja leider, der Raum,

-- er ist nicht immer nur vom Besten,

-- sie sind gar schnell zu klein.

Im Baum, -- da wäre Platz gewesen.

Der Möglichkeiten sind ja da noch man-
che, -- es gibt die Schuppen, Scheunen,
Nischen in den Wänden.

Im ersten Augenblick, so scheint es, sind
sie gar nicht mal so schlecht, doch die Gefahren dort, von denen gibt es reichlich.

Wo Menschen allerorts so nah bei uns ihr
Tagewerk vollbringen, da sind sie selbst mit
ihrer grenzenlosen, überzogenen Furcht.

Was hat man ihnen nur erzählt, von uns
und unserer Wehr.

Der eine sagt es, -- der nächste dann
schon meint es und wieder einer, ja, der
weiß es.

So schüren sie die Ängste, -- auch wenn
sie es erst recht nicht selber wissen.
Offenbar sind sie sich nicht bewusst, wer
mich nun tötet, -- die Königin Hornisse,
-- und das schon in den ersten Frühlings-
tagen, -- der tötet auch mein Volk,
-- das ist gewiss.

Es waren wohl gar oft die gleichen, so fehl-
geleiteten Gedanken, -- sie können nicht
nur schaden, sie können töten, alles wohl
vernichten.
Sie geben's vor mit ihren Worten, es lebt
und bleibt, das Vorurteil, es reift in ihren
Köpfen.

Wir sind nicht anders als die anderen, wir
wehren uns, -- wenn Wehren nötig.

Wir leben friedlich in Gemeinschaft,
-- ja auch mit Euch.
Habt ihr es denn schon jemals mal gese-
hen, dass wir Euch einfach etwas nehmen,

es gibt da nichts, was euch gehört und wir
begehren.

Es muss, -- es kann nicht anders sein,
-- wir sind es selbst und ihr seid es mit
uns, -- was diese unbegründet' Angst er-
zeugt.
Wir können es so gar nicht glauben,
wir tun euch nichts, -- wenn ihr uns
lasst, -- nur leben lasst in unserer
eigenen Welt.

Ihr müsst nicht alles glauben, -- was man
euch wissen lässt und bitte, macht es euch
bewusst, dass wir gar friedlich und in Ein-
klang weilen.

Wir haben nur den einen Plan, -- die eine
Pflicht, -- es ist der Fortbestand, -- der
Nestbau und der Wunsch, ein ganzes Volk
zu gründen.
In dieser Zeit, -- es ist enorm, -- ich hab
zu tun gar vieles und so vieles gar zur glei-

chen Zeit.
Was es gilt, ist Beute machen, Insekten zu
erheischen.

Der Sommer neigt sich schon dem Ende.
Die jungen Königinnen, wie ich so einst,
-- jede ist umschwärmt von männlichen
Begleitern.

Es sind wohl Hunderte, sie haben sich ver-
paart und könnten wohl ein Volk selbst
bilden.
Es sind nur einzelne, denen wird es dann
gelingen, -- da sind die unvorhersehbaren,
vorgegebenen Regeln.

Sie sind so wunderbar vereint im Paarungs-
flug, -- es ist schon spät im Jahr, längst
Zeit, der Winter naht, -- die Kälte,
-- sie wird kommen.

Sie lässt sich schon unweigerlich erspüren.

Es gilt alsbald, das sichere Versteck zu finden, um dann erneut, -- vielleicht,
-- wer weiß, den nächsten Frühling zu erleben.

In Ruhe so verharrend, wir können's nicht erwählen, der nächste Zyklus ist schon vorgegeben, -- ein neues Volk soll werden.

Auch wenn wir alles wohl und immer wieder neu durchdenken, -- was nützt das schon?

Es liegt bei IHM allein,
-- es liegt in SEINEN Händen.

Unantastbar

Und doch so verletzlich

Der helle Tag, langsam neigt er sich dem Ende, -- es dämmert schon, das Licht wird fahl, für uns ist es nun Zeit, wir sind aktiv die ganze Nacht.

Besonders diese warmen Sommernächte, die so verlockend sind.

Es gilt dann manches zu erkunden.

Insekten sind jetzt unterwegs in großer Zahl.

Die warme Luft, die Dunkelheit, hier und da ein Licht, es lockt sie an und uns verspricht es reiche Beute.

Als Einzelgänger sind wir friedlich unterwegs.

Es ist auch nicht in unserem Sinn, sich gegen unseresgleichen zu erheben,

-- zu verteidigen gar das Revier,

-- das ist uns fremd.

Es gilt allein sie aufzuspüren, sie zu erkennen, zu ertasten, -- sie schließlich dann auch zu erhaschen.

Da sind die Leckerbissen, die wir uns schmecken lassen, -- da ist, was wir begehren:

Schnecken, Käfer, Regenwürmer und mal hier und da 'ne Larve und dann,

-- gelegentlich, in manchen Jahren, sind sie gar nicht mal so selten, selbst im Übermaß werden sie uns dann gereicht.

Ich meine diesen kleinen Ohrwurm, so zum Beispiel, -- wie er da huscht, wie er sich windet, für seine Größe ist er gar nicht schlecht bewehrt.

Es wird ihm wohl nichts nützen,

-- die kleinen flinken dunkelbraunen Augen

haben ihn ja längst erspäht.

Er kann sich nicht verbergen, das Spiel ist aus. Mein kleines Schnäuzchen hat ihn schon erreicht.

Was kommt denn da, -- was bewegt sich so geschwind auf hundert, oder sind es tausend Füße?

Egal, -- zum Zählen bleibt da keine Zeit.

Eins ist gewiss, ein Leckerbissen ist es allemal.

Asseln schmecken lange nicht so gut. Die lässt man auch mal weichen.

Doch gibt es wohl auch Jahre, da kann man's nicht erwählen, da muss man nehmen, wie es kommt.

Es heißt schon früh im Jahr, sich vorbereiten, Sorge tragen, es darf kein Mangel sein.

Die Zeit von Eis und Kälte, der Entbehrung, -- sie kommt bald.

Wir weichen aus, indem wir schlafen,
-- es gilt zu überleben, bis uns die warme
Frühlingssonne wieder weckt.

Ist die Nacht vergangen und naht der lich-
te Tag, -- war die Mahlzeit recht gereicht,
-- dann ist es an der Zeit, den gut er-
wählten Unterschlupf zu finden.
Hier lässt es sich, so will ich hoffen, ganz
ungestört ein wenig schlummern.
Dichte Hecken, Büsche, Reisig-, Laub- und
Komposthaufen sind geeignet.
Platz ist auch in manchem Stapel Holz,
-- die suchen wir gern auf und haben unsere eigenen Regeln.
Auch Raum zum Nestbau sollte sich ergeben.

Ihr wollt uns nicht verletzen, das ist wohl
klar, -- passt auf, -- nicht immer lassen wir
uns leicht erkennen.
Ihr dürft nicht alles nur nach eu'rem eig'nen
Denken tun.

Ihr könntet's auch mal anders, -- sodann mit unseren Augen sehen.

Es gilt nicht alles immerfort von hier nach dort zu räumen.
Was ihr so Ordnung nennt, ist nichts als eure eig'ne angedachte Welt.
Da lässt es sich für uns nur schwerlich ganz in Frieden leben.
In Feld und Flur, da habt ihr es schon längst geschafft.
Hier ist kein Lebensraum für uns, wir mussten weichen.
Nun sind wir da, wo ihr auch seid, -- ganz nah bei euch, -- es war nicht anders zu erwählen.

Wir leben nun in Gärten, Parks und nah den Scheunen.
So manch ein Gartenhäuschen ist gereicht, uns ein Versteck zu geben.
Und doch ist es nicht leicht, -- es wird noch schwerer allemal, so wie mir scheint.

Wir wollen doch an eurer Seite überleben.
Es lauern noch Gefahren überall.
Ihr wollt es nur zum Besten richten und richtet dann nicht selten über uns.

Da gibt es diese Schächte, Gruben, und noch vieles andere mehr.
Man kann sie nicht erkennen, nicht ertasten, nicht erfühlen, -- sind wir darin gefangen erst einmal, gibt es so leicht wohl kein Entrinnen.

Und auch die mannigfachen Netze und die Zäune, gespannt von hier nach da, man kann sich allzu leicht darin verheddern und verfangen ganz und gar.
Da sind die dornenspitzen Gabeln, sie spießen auf, verletzen schwer.

Wir kommen nicht zur Ruhe, -- ihr lasst nicht nach, -- ihr müsst es wohl zu allen Zeiten immer wieder nur in eurem Sinne richten.

Einmal im Jahr, im Monat Juli, es kann August und auch September sein, dann sind sie da, die kleinen Igelkinder, mal sind es vier, mithin bis sieben an der Zahl.

Das sind die kleinen netten Kugeln, sie tragen hundert dieser weißen, weichen Stacheln schon.
Tausende sollen es mal werden.

Nur am Bauch und im Gesicht und rund um diese kleinen feuchten Nasen, da gibt es keine Stacheln, ja zum Glück, da gibt es braune Haare.
Es würd` ja auch noch fehlen, dass man sich durch die eigenen Stacheln selbst verletzt.

Wir wollen nichts sehen und auch nichts hören in den ersten Lebenstagen, so scheint es wohl zu sein, -- ein wenig kann man's ja verstehen.

Es bleibt indes nur eine kurze Zeit der
Muße, -- wenig später ist es dann geschehen,
die Augen weit geöffnet,
die Ohren nun bereit, den feinsten Ton zu
hören,
das Riechen funktioniert so exzellent
und diese kleinen Mäusezähnchen müssen
bald schon alles selber sich beweisen.

Es muss nicht sein von heut' auf morgen, es bleibt da noch ein wenig Zeit, bis
dann, -- es ist so weit, allein soll'n wir jetzt
geh'n.

Vergesst uns dabei nicht!

Ihr müsst uns helfen, -- alle Zeit, in diesen
schweren Jahren.
Mithin, -- allein ist es kaum noch zu
schaffen.

Wir tun schon alles was wir können.

Ihr müsst auch Sorge tragen.

Es gilt für euch, noch mehr zu tun,
-- will man in dieser Welt auch Platz für
uns bewahren.

40

Perfekt
Auf leisen Pfoten

Wir leben unser eig'nes Leben mit allem,
was das Leben gibt,
wir lieben diese wunderbare Freiheit,
-- sie ist uns heilig,
wir mögen dieses freie Leben auch mit
euch, -- nicht jedem kann es so gelingen.

Doch wem wir uns dann schließlich recht
erweisen, dass wollen wir zu aller Zeit noch
selbst entscheiden.
Ganz und gar auch heute noch nach eig'ner
Art und unserem eig'nen Willen.

Intelligent sind wir, ganz ohne Frage und
von besonderer Schönheit auch.

Vollendet diese Eleganz.

Perfekt ist das Zusammenspiel der Muskeln, Knochen und der Sehnen.

Prachtvoll diese Vielfalt all der Farben, das Fell, der Ausdruck unserer Augen.

Die Natur, sie hat es wohl recht gut mit uns gemeint.

Wir leben nicht in Gruppen, Rudeln oder Meuten.

Nachtaktiv sind wir, -- dann unterwegs allein, gesammelt, bestens orientiert,

-- immer auf den ganz besonders leisen Pfoten.

Bis auf die amüsanten kleinen Treffen.

Sie finden statt gelegentlich mal hier und da.

Wir schauen uns an, sind interessiert und kommen uns auch näher.

Es gibt dann schon gelegentlich mal kleine Plänkeleien.

Nicht jeder kann einen jeden immer und zu allen Zeiten gleichermaßen leiden.
Doch so im Großen und im Ganzen,
-- es ist doch immer wieder schön, auch Harmonie lässt sich erspüren.

Das wundert umso mehr, denn wer uns näher kennt, der weiß, wir sind nicht wirklich wohl zu zähmen und dieses grauenhafte Wort, -- ich sag es gleich,
-- und alles was sich so mithin dahinter noch verbirgt.

Für uns gilt es dann eher nicht und wird es wohl auch niemals gelten,
-- domestiziert wird es genannt.

Kurz und gut, der Inhalt und alles, was sich sonst dahinter noch verbirgt, es mag uns fern sein und auch bleiben, -- alle Zeiten.

Wir schließen uns euch Menschen nur aus freien Stücken an und das auch nur, wenn ihr euch danach fügt.

Wenn ihr so glaubt, uns ganz und gar für euch zu haben, -- zu besitzen allemal,

-- wir drehen uns um und gehen unserer eigenen Wege.

Es ist so viel zu tun, -- da ist gar einiges zum Beute machen.

Mäuse gibt es allerorts, -- wir lauern auf mucksmäuschenstill, -- gefürchtet sind wir unter all den Mäusescharen.

Wir schleichen an und sind bereit zum Sprung, -- lautlos ist die Jagd, -- unsere Waffen sind die messerscharfen Krallen, allzeit wohl gewetzt. Die Pfoten tragen uns geschmeidig, wie auf Samt.

Wir können warten, mit unendlicher Geduld, wenn es von Nöten ist.

Es naht die schönste Zeit, wenn es zu dämmern schon beginnt.

Und dann, -- es ist soweit:

Der Sprung, der Griff, der Biss.

Die Maus, -- sie hat wohl keine Chance,
gelegentlich wohl mal, selten nur kommt es
dann vor, -- dass sie uns doch entwischt.
Wir können alles dieses wohl verrichten,
wo wäret ihr denn längst geblieben,
-- ja, ohne uns.

In Stadt und Land es gäbe nur noch Mäuse-
plagen.
Die Speicher wären leer, des Hungers um
so mehr.

Man hat es schon erfahren, -- dann sehr
bald erkannt.
Vor dieser Not, da schützt wohl keiner
besser außer uns.

Wir haben euch bewahrt davor, zu allen
Zeiten, es war der Grund, -- zum heiligen

Tier sind wir ernannt.

Selbst Gottes Ehren wurden uns zuteil und blieben doch vor'm Ketzertod auch nicht verschont.

Man hat uns auch verbannt.

Es lag dann wohl in ihrer Hand, der Herrgott hat es nicht gewollt, -- da sind wir uns ganz sicher.

Immer wieder hat er's dann gerichtet, schnell haben sie erkannt, -- es geht nicht ohne uns und unseren Nutzen.

Mit seiner Hilfe behalten wir für alle Zeit die Oberhand.

Mal können sie es nicht, mal wollen sie es, mal wollen sie's nicht, -- es uns gewähren.

Wir schmeicheln uns dabei nicht ein und kennen doch den festen Platz in ihren Herzen.

Trotz allem:
Ihr wolltet es ja immer sein!

Dürften wir euch jetzt mal danach fragen?

Seid ihr's, -- seid ihr perfekt?
Ihr seid es nicht und würdet es so gerne sein.

Eins ist mithin gewiss:
Wir sind es wohl, -- doch würden wir es niemals sagen.

Gewichtig

Giganten der Meere

Einstmals war es das Land, wo wir lebten, nun ist es schon ewig die Dünung, der Seegang, die Tiefen des Meeres.

Es ist die gewaltige Schwere, die wir bewegen und doch nicht erspüren.

Erkennen die Schönheit, -- erfahren die Macht und die Tücken der Meere.

Da sind unsere Sprünge, wir drehen uns gewandt, es ist die Berührung von Luft und von Wasser.
Das salzige Meer, unser Medium, es trägt und geleitet.

Da ist die Dynamik, die Form des Körpers, sie lässt uns gleiten.

Herunter in die Tiefen, -- in die Weiten, -- hier kann uns niemand erreichen.

Doch wir müssen hinauf, wir brauchen den Atem, -- tauchen auf aus dem Dunkel des Meeres.

Dann das Brechen der Fluten: weiß schäumende Gischt, wir erfahren das Fliegen.

Wieder hinab in die Tiefe.

Es sind die Säulen aus Wasser, die nass glänzenden Rücken, unsere Finnen, das Auf und Ab der mächtigen Fluken, -- sie können uns verraten.

Das ewige Spiel der Kräfte ist es, in dem wir uns spiegeln.

Da ist die schier unendliche Weite der Ozeane, -- grenzenlos sind die Räume, die wir durcheilen.

Wir passen uns an, -- tauchen hinab ins Endlose, -- trotzen dem Druck, der eisigen Kälte.

Sind vereint im Gesang.

Worte sind Strophen unserer Lieder.

Es ist die eigene Sprache, sie hält uns zusammen, -- zeigt auf die Gefahren,
-- vereint im trüben Licht ewiger Tiefen.

Ihr könnt es erleben, -- kommt und betrachtet das gigantische Schauspiel der Welten.

Lasst uns nur sein und uns selber erfahren in den Meeren,
-- wo wir leben, -- uns lieben, -- gebären.

Da ist die Strömung, -- sie führt,
spielerisch leicht die Kunst des Beherrschens in der Bewegung der mächtigen Flossen.

Dies ist der Ausdruck der Würde, der Größe, -- nicht des Erhebens, -- was uns begleitet.
Es schwingt in den Stimmen all derer, die uns erkennen, da ist die Begeisterung,
-- das Unfassbare, -- das überwältigend Schöne.

Da sind auch die eifernden, -- geifernden Stimmen jener, die uns sehen,
um uns zu jagen, -- uns dann zu stellen.

Was sie tun, erscheint ihnen gewiss und bleibt doch ohne Gewissen.

Sie werden nicht wirklich erleben, -- ohne uns leben zu lassen.
Denn unantastbar ist die Allmacht des Lebens.

Was dann, -- wenn wir nicht mehr sind, unwiederbringlich verloren, -- nach Millionen von Jahren?!

Geschehen im Jetzt, -- geschehen durch die, -- die sind, -- die schon gehen, geschehen für immer, für die, -- die kommen werden.

Doch da sind immer mehr der bewundernden Blicke, die uns suchen, uns nah' sind, -- erspüren und fühlen.

Es ist das Pulsieren des Lebens, sie wollen es erfahren.

Das Unfassbare im Sein, im Vergehen und Werden.
Sie, -- sie wollen uns erkennen, erleben, -- uns schützen, -- für alle Zeiten bewahren.
Uns verstehen lernen im Wesen, -- begleiten in unseren Welten.

Sie werden bewundern, -- geheimnisvoll können sie dann erzählen, -- von uns, -- den rätselhaften Wesen, -- in der scheinbar unendlichen Weite und Tiefe der Meere.

Wir müssen entscheiden im Jetzt und im Heute.

Für das Endlose, die Faszination, das ewige Schöne, -- es muss immer bleiben,

-- darf niemals enden.

Das Schützen von heute, -- es wird das Erleben von morgen.

Angekettet

Ein Leben lang

Es soll Leben sein, -- und ist doch keines.

An die Kette gelegt bin ich ein Leben lang,
ich weiß nur, dass es so ist,
-- ich weiß nicht wirklich, warum.

Immer der gleiche Rhythmus, der gleiche
Ort, -- hier muss ich verweilen, ausharren
und leiden.
Ich ahne zu wissen, es geht nur um Eines,
euch und all Eures beschützen, behüten,
bewahren, -- das ist es.

Ich weiß nicht vor wem, ich weiß nicht vor
was. Gibt es bei mir nichts zu schützen, zu

hüten, zu wahren?

Sie, -- sie sind alle gleich, wen soll ich verbellen, verjagen, wen freundlich, gar gütig behandeln!

Ich soll es erkennen, es wissen, es spüren, -- wie soll ich das machen, -- zunächst sind sie gleich.

Ach könnt' ich mich zeigen, ich würd' es beweisen, mich wirklich erleben, sein, wie ich bin -- wie ich will, was ich kann.

Alles würde ich geben, -- euch geben, -- ihr würdet euch wundern, dürftet erstaunen, mich endlich verstehen.
Es wäre Zeit mich zu achten.

Ihr werdet's nicht glauben, ich könnte dann helfen, -- euch helfen, euch selbst zu erfahren im Erkennen und Lieben.

Doch ihr könnt mich nur nutzen, gebrau-

chen, verwerten, ihr könnt mich nicht
achten.
Ihr könnt es nicht finden, -- nein, wenn
ihr's nicht wirklich ersucht.

Ich wäre der Schlüssel, könnte Schlösser,
Enden der eigenen Ketten euch lösen.

Aber so kann ich nicht helfen, denn ich
darf nicht erwählen, werde niemals entscheiden.

Oft bin ich allein, Stunden und Tage,
Monate, Jahre, die Zeit will nicht
enden, -- geht sie jemals vorbei?
Sie kommen nur selten, sprechen wenig,
-- geben Essen und Trinken, -- können sie
auch fühlen?
Sind das auch Seelen,
-- erspüren sie Seelen?

Sind beseelt nur von einem, von sich selbst,
sonst von keinem.

Ich kann es nicht wählen, ich muss es ertragen.

Wenn sie nur wüssten, wonach ich mich sehne, ich könnte erzählen, ich würde viel sagen.

Sie kennen nur ihre eigene Sprache,
was sie nicht wissen, ich kann sie verstehen und verstehe sie nicht.

Sie wollen nicht reden, haben Zeit,
-- doch keine für mich.
Da gibt es Momente, es scheint sich zu lichten, sie werden was ändern.

Augenblicke sind es, ich kann mich erfahren.

Die Kette gelöst, -- bin ich frei?

Ich zeige alles auf einmal, meine Sprache, es ist der Wortlaut der Freiheit, mein Bellen wird anders, meine Augen, sie spiegeln erstmals die eigene Seele.

Sie sollen es erkennen, sich ändern, sich
wandeln, sich selbst und mich mögen,
noch nicht lieben, -- nicht alles auf einmal,
-- nur mögen.

Es bleiben Momente, aber irgendwann
dann, ich weiß, es kann nur so sein,
sie werden erkennen, erfühlen,
erleben, -- sie werden vielleicht auch
begreifen:

Ihre Freiheit ist meine,
-- frei sein heißt, -- frei geben.

Unfassbar

Wir klagen an

Wir lebten einst, sowie auch heute noch,
mit euch gemeinsam im Verbund.

Gerade deshalb, -- es ist nicht zu glauben,
doch leider, -- es ist wahr.
Was man so alles mit uns macht!

Wir sind die Tiere, die so gern in großen
Herden leben.

Weiden ab die kurz gewachsenen Gräser,
die uns schmecken, laben uns an mannigfachen Kräutern.

Da ist, was ihr an uns begehrt.

Da ist so manches, was ihr allzu sehr,
-- zu eurer Schande nur, -- begehrt.

Wir geben Fleisch, die Federn, unsere
Daunen, zur Zierde selbst hat man uns
schon gehalten.
Bewachen können wir euch Haus und Hof.
Schlagen in die Flucht so manchen mit gar
lauten Zisch- und Drohgebärden.

Alles nicht genug.

Wir lernen schnell und können das Erlernte
auch sehr gut behalten.
Wir sehen, hören, riechen gut, -- kommu-
nizieren viel, -- ja auch mit euch -- und das
mit wunderbaren Lauten.

Alles nicht genug.

Wir leben in besonderer Gemeinschaft
schon von früh'sten Kindestagen an, ja
schon als munt're kleine Gänseküken las-

sen wir uns prägen.

Es ist mithin das Erste, was man sich vermeintlich bald zu Nutzen macht.

Wir passen uns ja allzu leicht schon in den
ersten Lebenstagen an.

Verhängnisvoll für uns im Weiteren,
-- für euch ist es erwünscht.

Ihr wollt uns schließlich im Besonderen
nutzen.

Nicht überall noch, ja zum Glück.

Doch immer noch ist es erlaubt, ja hier und
dort, -- man will es gar nicht glauben.

Gequält zum Raufen und zum Stopfen.

Sonden und auch Schläuche, man bringt
sie ein in unsere Mägen.

Jeden Tag und immer wieder, über Wochen,
-- grausam, diese Prozedur.

Die Qual ist unbeschreiblich, ganz entsetzlich.

Der lange Hals, der Kopf gestreckt, der Schnabel weit geöffnet, man nimmt in Kauf, dass man verletzt.
Wir sind gezwungen diesen Futterbrei zu schlucken, wir können nicht anders,
-- haben keine Wahl.
Bis wir den Zwängen fast erliegen.

Ob sie nicht wissen, was sie tun,
-- haben sie denn kein Gewissen?

Sie wissen schon, was sie da tun in ihrer Gier:
-- Sie wollen es essen.

Es sind die kranken, schon entarteten Organe, die ihnen schmecken; sind sie schon krank, dass sie das Kranke mögen?
Es ist euch doch bekannt, was wir so sehr ersehnen.

Ein Leben, das wir lieben.
Auch wir, wie ihr, -- wir wollen es erleben,

es lebenswert gestalten.

Ihr könntet es ja geben, -- uns schenken
in Gesundheit, -- ohne Angst und Leiden.
Und dann uns doch noch nutzen,
-- allemal verwerten.

Es ist so viel, was wir da geben, und doch,
-- ist es denn niemals auch genug?

Ihr wollt noch mehr, ja schneller
immer mehr, -- gibt es denn keine Grenzen?

Sie können nicht nur nutzen, sie nutzen
qualvoll aus.

Sie sind schon satt und bleiben doch so
unersättlich.

Sie wollen alles sehen und sind doch un-
einsichtig.

Sie wollen alles doch zum Guten tun, und bleiben doch untätig.

Sie sind so unbegreiflich!

Der Staat im Staate

Unsere kleine Welt

Wir haben den eigenen Staat, -- ja da staunt ihr und brauchen doch euren.

Wir kennen keine Grenzen, -- wie ihr, sind weltweit verbreitet und spüren doch Grenzen.

Es sind die Besonderheiten, sie zeichnen uns aus, es sind die Extreme, in denen wir leben.

Wir lieben die Wärme, sie macht uns aktiv, die Sonne, die Strahlen.

Wir richten uns ein, bauen Hügel, es sind unsere Burgen.

Es ist nicht der Winter, der uns vertreibt,
nicht Schnee und Frost, was uns erreicht,
es sind die unterirdischen Gänge, das Laby-
rinth, welches uns schützt, uns Geborgenheit gibt, uns erhält, immerfort schützt,
-- wenn ihr nicht wäret.

Es ist das ureig'ne System, was uns Jahre,
ach was, -- tausende Jahre geleitet.
Es ist euer System, das euch verleitet,
-- uns dann schadet, vernichtet, achtlos
verdrängt.

Schaut her und lasst es euch sagen,
-- ihr könnt von uns lernen,
-- nein, ihr müsst.

Es ist unsere kleine Welt, hier ist alles gerichtet, wir kennen die Ordnung,
-- leben Struktur, -- haben viele Aufgaben
und Pflichten.
Wir lieben den Wald, die Bäume, die
Nadeln, das Laub, wir suchen die warmen,

sonnigen, lauschigen Plätze gern auf.
Dabei ist jeder für sich und doch einer für
alle, -- dann alle für einen.

Wir können es beweisen, schaut uns nur
an, was trägt ist Gemeinschaft, -- gemeinsame Kraft.

Es sind die Ziele, die uns vereinen.

Es gereicht uns zum Leben, -- jedem,
-- das gemeinsam Erreichte.

Wir sind uns bewusst, -- alle, -- was es gilt
ist, sich bewegen, sich rühren.
Wir könnten es niemals alleine.

Wir sind gar viele und brauchen ein' jeden.
Nicht alle sind gleich, jeder lebt Seines,
-- weiß, was er tut, -- tun kann und tun
muss.
Jeder lässt jedem das Seine und erkennt
doch das Eig'ne.

Es ist die Umwelt, -- wir sind es in ihr,
-- welche alles entscheidet.
Wir müssen es pflegen, es schätzen, es
hüten, bewahren.

Wir sind nicht sehr groß und doch sind wir
stark, bei uns ist es das Kleine, was alles er-
richtet, bei euch oft das Große, das leicht-
fertig vieles, ja alles vernichtet.

Es ist das Geordnete, Stetige, was uns
aufbaut, erhält, uns immerwährend ver-
pflichtet.

Es ist nicht allein das Verändern, es ist das
Erhalten, Bewahren, Festigen, Tragen.
Ihr habt uns geschützt, sagt ihr,
-- aber schützt ihr uns wirklich?
Wollt ihr das Kleine bewahren, müsst ihr
das Große verändern.

Wir leisten so vieles, sind unermüdlich,
-- wollen auch Eures bewahren.

Wenn ihr uns stört, -- ihr beginnt das Zer-
stören!
Es sind unzählige Schritte, -- immerfort,
-- sie vernichten.

Haltet es auf!
Eins greift ins andere.
Erst sind es wir, -- dann sind es andere.
Es geht immer weiter.

Bevor ihr's nicht merkt!

Gebt Acht,
-- es ist an der Zeit,
-- sonst zerstört ihr euch selbst.

76

Schaulauf der Lüfte

Es muss sein und ist doch die
Stimme der Freiheit

Es ist die besondere Zeit in jedem Jahr,
es ist die Zeit, in der wir fliegen.

Wir würden ja bleiben -- wir lieben die Hei-
mat -- seid gewiss -- wir kehren zurück.
Wir ahnen das Ziel und kennen die Rich-
tung, wir spüren das Muss.
Es ist der Trieb, die Macht, die Unruhe in
unserem Blut, die uns jetzt leitet.
Die Tage sind kurz, die Nacht schon so
lang, es bleibt keine Zeit, wir können nicht
wählen, wir müssen voran.

Wir können nur weichen, neue Ziele ersehnen, es gibt keine Ruhe, wir dürfen nicht bleiben.

Man wird uns bald hören am nächtlichen Himmel.

Sie werden uns sehen, nachdem sie uns hörten.

Wir werden erwartet, man wird uns suchen am hell erleuchteten Blau.

Es ist unsere Welt, der Himmel, die Lüfte, in denen wir fliegen.

Gefühle sind es, die wir erzeugen, der Blick, der uns sucht, die Sehnsucht der Augen, sie wollen uns finden.

Wünsche sind es, die uns begehren, im Stillen die Hoffnung, die wir erwecken, die uns begleitet.

Staunen ist es, was wir erzeugen.

Träume, die wir verbreiten.

Wir sind nicht allein, wir haben uns erkannt, gefunden, gesammelt, wir sind vereint.

Es ist die besondere Ordnung, die Regeln, das gemeinsame Ziel.
Wir fliegen im Wechsel von Kraft und Entspannung.

Erkennt ihr das Zueinander? -- schaut uns an, wir gleiten unendlich im Miteinander.

Wir fühlen Vertrauen, erspüren die Sicherheit, tauschen uns aus, erfahren Verlässlichkeit.
Wir sprechen die gleiche Sprache, wählen die gleichen Regeln, sind beseelt nur von Einem.

Wir sind nicht gebunden, es ist das Vollkommene, was wir erstreben.
Es ist die Natur, die Kräfte, die wir so lieben.
Bewegen heißt Freiheit -- unser Vermögen zu fliegen.

Es gibt hier kein Hindernis, kein Verzagen, kein Halten, kein Zurück --

die Sicht nur nach vorn, der Weg ist bereitet.

Wir erkennen und nutzen den Augenblick -- fließen im Wind.

Strömung und Thermik sind es, die uns geleiten. Wir dürfen auch ruhen, aber niemals verweilen.

Wir können Wälder, Wiesen und Felder, selbst höchste Berge, endlose Meere bestreiten.

Da sind die Wolken, Horizonte, die uns begleiten.

Es ist der stetige Wechsel, den wir so mögen, in dem wir leben.

Genießen die Leichtigkeit, bezwingen die Schwere.

Wir sind ganz gewiss -- im Vertrauen

-- da ist diese Kraft in unseren Schwingen.

Wir können Entfernungen meistern, Wege beschreiten, neue Ziele erahnen.

Ja, wir brauchen die Härte des Winters

nicht fürchten, sind unterwegs, wenn Schnee und Eis die Felder und Fluren ergreifen.

Wir spüren, die Zeit ist gekommen.

Ganz ruhig sind wir, gesammelt, geordnet und doch getrieben.

Wir erfühlen die Macht, es gilt jetzt zu weichen,
-- wir wollen nicht fliehen
-- wir dürfen nun fliegen.

Wir müssen nicht bleiben!

Können schweben und neue Welten erreichen.

Karusselltiere

Verzaubert

Ist es erlaubt, es Euch zu sagen oder
müssen wir fragen?
Wir stellen uns jetzt vor!

Tiere des Karussells sind wir und drehen
uns Stunden und Jahre anmutig im Kreise.

Einst führten uns Elfen verzaubert hierher,
dem Leben entnommen in Posen von
Schönheit und Stärke.

Schaut her, das arabische Pferd, es fliegt
im Galopp.

Zu meiner Rechten der Schwan in Gleichmut und Würde.

Die Giraffe uns alle wohlweislich gar staunend betrachtet.

Erkennt den bengalischen Tiger, ihm eigen das Bild der Kraft und der Dauer.

Ganz vorne im Blick der Elefant, er mahnt an, lebt Würde und Ruhe.

Verspielt zeigt sich der Esel zur Linken im Wechsel von Leichtsinn und Mut.

Wir alle haben die wohl eig'ne Geschichte und sprechen die eigene Sprache.

Wir alle erleben den Wechsel von Demut und Stolz, -- sind vereint auf dem Wege der Suche.

Schaut uns an, -- ihr dürft uns ergründen.

Sprecht uns an, ihr sollt mit uns reden.
Horcht und versteht unsere Sprache.

Schaut uns an und hört zu, -- dann beginnt mit dem Träumen.

Ihr müsst es nur nehmen, wir bieten es an, wir laden euch ein und fordern euch auf.
Lasst euch nur einfach entführen,
-- verzaubern, -- verwandeln von unserem Ausdruck und Glanz.

Wir wollen ein Stück mit euch gehen, in dieser kleinen bezaubernden Stadt.

Wir mögen die romantischen Gassen, die Fassaden der Häuser, das fahle Licht, wie es sich bricht an den Wänden und Mauern.

Wir lieben Vertrautheit, das Licht eurer Augen, Nähe und Wärme.

Erkennen das Besondere von Wahrheit und Treue.
Auch wir können es nicht halten, aber wir

wollen bewahren und hüten, formen und mehren.

Seid bereit, -- lasst Euch wandeln,

-- taucht ein in den Zauber, erfahret das Wunder.

Wir erkennen die Tiefen der Seelen, und ersehnen das Staunen.

Wir möchten euch vieles erzählen, euch berichten aus unserem Leben.

Wir können Tore öffnen zu Herzen.

Wir lassen euch fühlen, -- ihr werdet erleben.

Tretet ein und nehmt Anteil an unseren Seelen.

Nur so lang ihr uns sucht, werden wir dienen auf dem Weg zum Erkennen und Lieben.

Am Abend, wenn die Lichter gar glänzend erstrahlen, wenn Weihnachten ist und die Herzen erströmen, erspüren wir eu're Sehnsucht nach Frieden.

Dann seid ihr bei uns, ihr könnt uns erkennen, -- ihr werdet uns suchen.

Sich spiegelnd das Licht, die Hoffnung und Wünsche in euren Augen.

Seid gewiss, -- wir lassen uns finden.

Das Karussell, es dreht sich im Kreislauf von Geben und Nehmen.

Ihr gebt uns die Kraft zum Geben im Suchen und formt unmerklich den Kreis des Bewahrens.

Wir werden nicht müde im Fordern und Zeigen.

Habt ihr's gefunden?

-- gebt acht!

Ihr müsst es bewahren,

-- es schützen und hüten.

Cool Man / Sunny Boy

Der Mann ganz in Weiß

Cool sein und immer schön cool bleiben,
das ist es, was ich brauche.

Der erste Schnee, die Flocken kreisen
unentwegt.

Am Morgen dann das makellose Weiß, das
unberührte, es ist so wunderbar und doch
verwundbar.

Wie sehnen wir uns schon danach und
dann, -- der Traum, -- ist er schon aus?
Gar bald zerstört ist dieses liebenswerte
Paradies, mal Spuren hier, mal Spuren
dort, sie kreuzen unentwegt.

Aus Weiß wird Braun, Braun wird zu Schwarz, wo bleibt der Zauber, diese Pracht, der einzigartig' Glanz?

Wo ist das Glitzern, diese Anmut überall?

Doch da, -- es wird berührt, doch nicht zerstört, statt dem gerollt, geformt, gedrückt, gesetzt und immer wieder modelliert.
Wie kunstvoll, ausdrucksstark dies Antlitz, dieser Körper ist.

Nur ein paar Kohlen, Holz, ein Rübenstück gibt Ausdruck meinem Angesicht, Symbol der Freude, Mut, gar Übermut.

Kraftvoll trotz ich alledem was sich da tut, sich meiner widersetzt.

Erhaben steh ich da, bin mir der Würde wohl bewusst.
Sie achten mich, sie lieben mich, versorgen und umhüten mich.

Es sind die Blicke, die mich treffen, so wie ich's mag.

Das goldene Maß, Erhabenheit, das höchste Glück, sie sind mir hold, -- umschließen mich.

Genießen allemal, nach diesem sehn' ich mich.

Beliebt sein überall, -- wie sehr erwünsch' ich es.

Erspüren möchte ich's und dieses immerfort, die Ehre, sie sei allerorts und ward zuteil mir unentwegt.

Groß und mächtig, stark und unverletzlich, ohne Angst und immer wohlgemut, erfolgreich, aufgeschlossen, immer unverdrossen, -- so geh ich meinen Weg.

Ohne Tadel, selten das Gefühl der Sorge, -- siegen will ich, nicht verlieren.

Lächeln soll mein Antlitz, nicht Verletzlichkeit verbreiten.

Sicher muss ich sein und bei alledem,

-- dies soll ich auch beweisen.

Wo bleibt die Frage, wo ist die Antwort nach dem Sinn?

Warum, weshalb, wo ist mein Weg, wo geh' ich lang, -- wo führt er hin?

Ich kann die Antwort wohl erahnen,

-- doch anschauen will ich's nicht.

Da sind Momente, die mich mahnen,

-- sieh' her, such' und erkenne dich.

Die Zeit geht weiter, ich genieße, da ist die Hoffnung, jede Nacht, an jedem Morgen, da ist die Kälte, die ich so liebe, die ich brauche, sie erspüre,

-- der ich vertraue.

Was ist denn das?

Da sind ja Strahlen, da ist Wärme!

Ist es die sonnenheiße Glut?

Da ist die Ahnung, das Erfahren,
-- ich hab's doch immer mit Erfolg
verdrängt!

Da ist, was sich erwehrte, da sind sie wieder, -- meine Ängste.

Nur flüchten kann ich nun nicht mehr, ich
kann den schmalen Pfad nicht finden.

Wo ist der Stolz, die Kraft, mein klarer
Blick geblieben, wo sind die aufgeweck-
ten Blicke, die Zeichen, Freuden, die mich
stets ersuchten?

Hinfort sind sie, ich kann sie nicht mehr
sehen, ich bin allein, verlassen allemal.

Verderben, -- ja, -- bin ich dem ausge-
setzt?
Ich will nicht, -- doch ich kann's erspüren.

Unbarmherzig find ich es, -- hab ich nicht
alles zur Zufriedenheit getan?
Doch da ist Hoffnung, da ist Wiederkehr,
-- ich kann es nur noch nicht erfassen.

Wo sind sie, die mir helfen könnten?
Gibt es die Hilfe nicht?

Höchste Mächte sind es, denen bin ich
preisgegeben.
Es sind die höchsten Kräfte, die es lösen
werden.

Ausgeliefert fühl ich mich, wo ist der Mut,
-- an Übermut ist gar nicht mehr zu denken.
Ich bin nicht ausgeliefert, -- da ist Zuver-
sicht, -- es ist mein Gottvertrauen.

Da ist der Körper, Schultern, Arme, meine
Beine, -- verformen wollen sie sich.

Es gibt kein Halten, Bleiben, kein Zurück

und kein Verweilen.
Ich kann nicht mehr, ich muss jetzt gehen,
ich muss nun weichen.

Ja, im Gesicht,
-- da sind sie schon,
-- die tränenschwarzen Streifen.

Lebensziel Weihnachtsbaum
Perfekt sollte ich schon sein

Aufgewachsen bin ich in einer Weihnachtsbaumkolonie, Schonung genannt.

Die Schonung meinerseits bestand vornehmlich im nötigen Abstand zu meinesgleichen.
Dieses wurde mir allein aus dem Wunsch zuteil, mich in ganzer Pracht und Schönheit entfalten zu sehen.

Meine Nachbarn waren Blaufichten, Douglasien, Nordmanntannen und Kiefern.
Die Vielfalt entspringt den vielfältigen Wünschen meiner Erzeuger und Verbraucher.
Mein zu erwartendes Lebensalter ist eng

an meine jeweilige Größe gebunden.

Das Ziel, das es für mich mit ganzer Kraft und Ausdauer zu verfolgen gilt, ist es, genau den Anforderungen des Wunschbildes an mich zu entsprechen.

Perfekt sollte ich schon sein.

Das heißt, möglichst aussehen wie gemalt, -- hört sich ganz leicht an, -- einfach immer nur schön wachsen, gerade, aufrecht,

-- erhabene Spitze ist immer mein Leitgedanke.

Nicht zu weit ausladend mit den Ästen, aber auch nicht zu schmal;

denn das bedeutet:

zu wenig Fülle, zu wenig Tiefe, nicht ganzheitlich, einfach zu flach im Erscheinungsbild.

Symmetrische Anordnung, breite Nadeln, gesund muss man aussehen, wie aus guter Luft oder aus den Bergen kommend.

Deshalb werde ich auch aus diesbezüglicher Rücksichtnahme vornehmlich in wunderschöner Natur ausgewählter Gegenden angepflanzt.

Charakteristische tiefblaue oder grüne Nadeln sind ein erlauchtes Lebensziel.

Nadeln sind für den Menschen wie auch den Baum natürlich ein Muss, -- aber stechen sollten sie möglichst nicht.

Es ist schließlich nötig, mit mir zu hantieren und dann noch, -- na ja, es muss ja sein, -- ein Baum im geliebten Zimmer!

Auf den Gedanken zu kommen, sich in den Lebensjahren zu verzweigen oder von der dem Wunsche entsprechend vorgegebenen bis festgelegten geraden Linie auch nur geringfügig abzuweichen, wird mit Punktabzug und Missmut bewertet;
-- hier ist Toleranz nicht angesagt.

Im ersteren Falle, dem Mut zur Verzwei-
gung, bedeutet das geradezu eine Katastrophe, nicht selten auch beim Erhalt aller
sonstigen Qualitäten das sofortige Aus.

Die Zweige sollten so angeordnet sein,
-- und diesen Grundsatzgedanken darf ich
niemals aus meinen Leben verdrängen -
dass sie wie für das Tragen von Kerzenhal-
tern gemacht sind.
Die Kerze muss aufrecht und sicher stehen, kein Zweig sollte in unmittelbarer
Nähe sein:

B r a n d g e f a h r!

Das wäre auch mein vorzeitiges Ende;
aber erst die ganze Katastrophe am Weih-
nachtsabend -- und dann noch durch mich
ausgelöst.

Stark müssen diese Kerzen tragenden
Zweige sein; sich selbst behaupten können im Zusammenspiel; vornehmlich die-

ser einen Aufgabe sollten sie sich ganz widmen -- denn die Flammen der haltertragenden Kerzen sollen besinnlich, ruhig, festlich, -- hell strahlend den Raum verzaubern.

Nicht zu sehr harzen sollte man an sich, obwohl der harzige Geruch sehr gemocht wird und sogar maßgeblich zur festlichen Stimmung und Romantik beiträgt; aber bitte nicht zuviel von dem Harz und kein tropfendes.

Im Nachhinein sollte durch mich kein bleibender Schaden oder Missmut entstehen, auch nachträgliche, durch mich ausgelöste und sich als unausweichlich erweisende Arbeiten durch Schäden am Inventar sind wahrlich nicht gewünscht.

Bei aller Schönheit sollte auch mein Fuß schlank sein, denn es gilt, mich ohne große Mühe und großes Aufsehen in den bereitgestellten Weihnachtsständer zu bekommen.

Wenn ich Glück habe, steht mein Fuß für die mir verbleibende Zeit in einem Glycerin-Wasserbad, wobei man nicht an ein gnadenvolles Fristen meinerseits denkt, sondern es gilt, Unpässlichkeiten für alle Beteiligten frühzeitig durch Vermeidung zu umgehen.

Dass ich bloß nicht, -- meinem Schicksal ergeben, frühzeitig, -- einfach zu früh,
-- durch unmissverständliche Geräusche und augenscheinliche Resultate Anzeichen von Schwäche zeige, indem ich Nadeln einfach fallen lasse.

Frühzeitig Nadeln abzuwerfen, das geht nicht und wird auch nicht verziehen.

Dann wäre man sich der besonderen Ehre wohl nicht so recht bewusst.
Ja Undankbarkeit ist es schon, denn nicht

jeder kommt an diesen Platz.

Der heilige Abend und die Weihnachtstage
nahen, Freunde und Gäste kommen, ich
stehe schließlich geschmückt da und soll
bestaunt oder mit Wohlgefallen betrachtet
werden, wurde ausgewählt und für gut be-
funden.

Stolz soll ich mich zeigen, Gefühle von Frieden und Besinnung vermitteln und in mir
selbst ruhen, -- würdevoll,
-- Hoffnung, Freude, Glanz und Licht verbreiten.

Jeder möchte meine Anmut spüren; wie
mit Flügeln soll ich die Gaben, bunten
Päckchen und kunstvoll verzierten Pakete
unter mir bis zum Augenblick der Besche-
rung sicher aufbewahrend verbergen.
Große Aufgaben hat man mir angedacht!

Der ganze Glanz, die ganze Würde und

Aufmerksamkeit kommt mir und den anderen Auserwählten im ganzen Land, ja in vielen Teilen der Erde an diesem heiligen Abend und den folgenden Tagen zu Ehren.

Das ganze Zimmer soll nach mir duften,
-- festlich duften,
-- nach Weihnachten halt.
Ich gebe mir dabei alle erdenkliche Mühe, so zu sein, wie man es sich gerne wünscht.

Man hat ganz genaue Vorstellungen; nichts darf fehlen oder schief gehen!

Geht das Jahr mit den letzten Tagen und Stunden zu Ende, lässt die Aufmerksamkeit, die mir so überschwänglich zuteil wurde, allmählich nach; auch gelegentliches, vermehrtes Nadeln wird nunmehr verziehen.

Wie viel Kraft war nötig, bis hierher durch-
zuhalten; wo auch noch die Heizung stän-
dig in meiner absoluten Nähe war,
-- gnadenlos!

Man wollte es im weihnachtlich ge-
schmückten Zimmer schließlich mollig
warm haben.

Endlos - Augenblicke

Eindrücke aus dem Leben des
Hundes Jonathan

Viele Hundejahre zählt mein Leben, ich
weiß um den Rhythmus der Tage und den
Rhythmus der Jahre.

Wenn die Lichterbäume an den Straßen
und Plätzen stehen, wenn alles in festlicher
Weihnachtsbeleuchtung erstrahlt, wenn es
draußen klirrend kalt ist,
-- alles weiß vor silbrig glitzernder Kristalle
und sich mit einem dicken Mantel von
flauschigem Schnee umhüllt,
-- wenn die Menschen tief eingemummt
durch die Straßen gehen und Besorgungen
der Vorweihnachtszeit erledigen,

alles zielt auf ihn, den Heiligen Abend ab.

Es soll eine Zeit der Ruhe und Besinnung sein, aber nur wenige Menschen erscheinen friedvoll.

Jetzt ist es bald wieder soweit, das Jahr geht zu Ende und nach den letzten Weihnachtstagen beginnt für mich die Zeit großer Unruhe.

Jedes Jahr war es so, wie immer fühle ich es in mir aufsteigen.

Unausweichlich ist es offenbar, das weiß ich aus den vergangenen Jahren nur zu gut.

Sie, die Menschen, verabschieden ihr Jahr nach den Tagen der weihnachtlichen Ruhe mit nächtlichem Donnerschlag, lautem Gebaren und grell funkelnden Blitzen am nachtdunklen Himmel.

Sie haben bei ihrem Tun nicht andeutungs-
weise Furcht und sorgen sich ob der Gefahren nicht; ganz im Gegenteil, fröhlich
sind sie und über alle Maßen ausgelassen.

Auch wenn es alle Jahre wieder die gleiche
Zeremonie ist und das für mich unfassbare
Spektakel von Lärm und Licht in Straßen
und Gassen, kann ich mich einfach nicht
daran gewöhnen und werde es wohl auch
niemals können.

Meine Furcht aufgrund der Erfahrungen
vergangener Jahre sitzt sehr tief, es sind
nur wenige meiner Artgenossen, die von
dem allem ungerührt erscheinen.

Ja, ich gestehe, ich beneide sie schon ins-
geheim und weiß nicht im geringsten, wie
sie es schaffen; mir mangelt es wohl offensichtlich an Erkenntnis, innerer Stärke
oder der nötigen Gelassenheit,
-- ich kann den Abstand nicht finden,

ich habe keine Waffen dagegen.

Ich weiß nicht, wie ich es besser machen kann, egal, wie ich mich auch zusammenreiße, gegen die mich erdrückende Befindlichkeit kann ich nicht ankämpfen.

Manchmal zittere ich am ganzen Körper, meine Lefzen beben, mein Blick wird unruhig; ich spüre es, ich kann mich auf die sonst von mir so geliebten Dinge des Alltags nicht mehr konzentrieren, verliere gelegentlich ein wenig die Orientierung.

Dies alles erfasst mich voll und ganz,
-- es fehlt ein wenig die Verbindung zu mir selbst,
-- ein entsetzlich vernichtendes Gefühl, und ich kann nichts dagegen tun.

Ich versuche dann, ja wirklich, heraus aus dem Gefühl größter Unruhe, einen Ort zu finden, an dem ich mich ein wenig sicher fühlen kann, -- an Geborgenheit kann dabei gar nicht gedacht werden und ich erhebe erst recht keinen Anspruch.

Ich kann diesen Ort nicht finden, es gibt ihn dann für mich nicht wirklich, denn die Geräusche, der ohrenbetäubende Lärm an meinen empfindlichen Ohren, die grellen Lichtblitze, -- darüber macht man sich offensichtlich keine Gedanken, -- sind unermesslich laut.

Das gleißende Licht scheint überall zu sein und erreicht jeden entlegenen Winkel.

Wenn ich mich jetzt in ein kleines Tierchen verwandeln könnte, wie glücklich wäre ich darüber.
Sonst bin ich mir meiner erhabenen Gestalt sehr wohl bewusst.
Ich könnte jetzt gar nicht klein genug sein, selbst der Floh, der mich sonst oft so gnadenlos quält, ist heute beneidenswert in seiner Lage.

Wann sonst hätte ich schon mal mit ihm tauschen wollen.

Aber auch die Größe und Gestalt einer Maus würde mir derzeit genügen, schnell und gewandt würde ich das kleinste Mauseloch erstürmen,
-- wäre vermeintlich in Sicherheit, könnte mich dann geborgen fühlen und in Gelassenheit mit dem nötigen Abstand die fürchterlichen Dinge dort draußen betrachten.

Eine wünschenswerte und komfortable Situation wäre das, nur schnell weg, nichts mehr hören und sehen, nicht zittern und beben.

Aber flüchten, das habe ich lange Zeit immer wieder versucht, -- das geht nicht.

Es bleibt für mich nur regungslos erstarrtes Ausharren, -- nichts und niemandem kann es

jetzt gelingen, mich von meinem Leid zu be-
freien, mich abzulenken, -- ich muss einfach
nur da durch.

Ja, wenn es doch nur so einfach wäre.
Immer länger erscheint mir mittlerwei-
le dieses grausame Spiel, die Minuten
werden Stunden und die Stunden scheinen Tage zu werden.

Irgendwann, -- dann, -- ja ein weiteres Jahr
hat längst begonnen, einige wenige Menschen scheinen es immer noch nicht zu wissen, wird der quälende Lärm und die in den
Augen schmerzenden Blitze immer selte-
ner.

Auch die Menschen werden wieder ruhiger,
sie gehen erneut geordnet den täglichen
Geschäften nach.

Auch meine ruhigen Gedanken kehren
allmählich zurück.

Ich habe wieder Zeit für ein weiteres Jahr,
Zeit für mich,

-- bis wieder alles aufs Neue beginnt.

Wie soll ich mich jemals daran gewöhnen?

Dr. Dieter Hans Schünemann

Tierarzt, 1951 in Dortmund geboren, Studium
der Veterinärmedizin an den Universitäten
Berlin und Giessen.

1979 - 1983 Wissenschaftlicher Mitarbeiter
an der Medizinischen und Gerichtlichen
Veterinärklinik II der Justus-Liebig Universität
Giessen.

Seit 1984 Amtstierarzt in Baden-Württemberg
(Hohenlohekreis).

Seit 1987 Amtstierarzt in Hessen
(Landkreis Giessen).

_____

Vom Autor bereits erschienen:
ALLES WAS DU BRAUCHST IST LIEBE
2003, ISBN: 3-936705-35-6

Erhältlich unter:
www.dieter-schuenemann.de